海猫的旅程

5

灯塔岛的第十六个人

〔日〕竹下文子◎著 〔日〕铃木守◎绘

王俊天◎译

北京科学技术出版社

100层童书馆

目 录

珊瑚郎
海猫岛的水手

岸吉
研究鸟类的学者

登场人物

鱿鱼丸
崇拜珊瑚郎的
年轻水手

阿贝
灯塔岛的守塔员

旗鱼老爹
海龟号的船长

海猫的旅程 5

灯塔岛的
第十六个人

1/夏日尾声

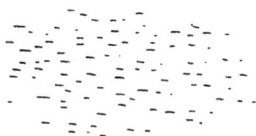

海面上笼罩着轻纱般的雾气。

没关系，这点儿薄雾，不影响马林号的正常行驶。

独自在薄雾蒙蒙的海上航行时，我总能听到一段不知从何处飘来的吉他旋律。

但是，附近看不到小岛的影子，马林号的无线电对讲机也处于关闭状态。在这万籁俱寂的茫茫大海上听到吉他声，真够诡异的。

相信我，我真真切切地听到了吉他声，绝对不是幻听。

无论身处何处，我都能分辨出这段熟悉的旋律——它出自我的一位朋友，不，应该说是我的一位故友，从相识到相交，我们一起度过的光景不过短短三日。

之后，我便再也没见过他。他在一个十分遥远的地方，每当听到吉他声时，我就会想起他。

整个夏天我几乎都在海上航行，很少待在海猫岛上。我往返于新月岛、珍珠岛，还有周围很多不知名的小岛和海猫岛之间。

活儿要多少有多少，怎么都干不完。有时我虽然把船停在港口，但除非不得不上岸，比如需要采购食材，我很少下船。可能我已经习惯了在船上生活。

"珊瑚郎，你最近有些心神不宁呀。"

当我再次返回海猫岛，见到老朋友——珊瑚店的大叔时，他一脸认真地对我说。在我离开海猫岛的日子里，我那间位于城郊的小屋一直锁着，所以我只好把信件的邮寄地址暂时改成大叔的珊瑚店。

"怎么会？船上是让我最放松的地方了。"

"但你看上去有些烦躁。"

"是吗？"

可能确实有点儿。

最近一段时间我频繁出海，总是深夜回来，第二天天刚蒙蒙亮就再次出发。即使遇上恶劣天气，面对排山倒海般向我砸来的巨浪，我也依然强行破浪前进。

我的状态似乎很快就影响了马林号。马林号的桅杆之前就轻微摇摆，现在摆动的幅度更大了，舵也变得不太灵敏。

有一次，马林号行驶到一座拥挤的港口，旁边的船险些擦上马林号的船舷，我气得朝着那条船大喊，气消了之后心中却五味杂陈。

我经常接一些大家都不愿意接的、危险的活儿。风险越高，收益自然越高。有时我还会故意挑战极限，比如让马林号大幅度倾斜，紧挨着其他船而过。但成功之后，我也得不

到什么满足感。钱我已经攒了不少，但好像也没什么花钱的地方。

"你瘦了，看上去特别憔悴，都不像你了。"

珊瑚店大叔隔着镜片打量我。

"不至于，"我朝大叔耸了耸肩，故作轻松地说，"我最近逍遥自在，和之前一样，每天都在做着自己喜欢的事情。"

"那就好，我就是有点儿担心你。"

我的生活好像和以前没什么两样，又好像有一些变化。

我也不清楚到底为什么，总感觉自己一直在寻找某样缺失的东西。那种感觉，怎么说呢，就像我弄丢了一颗螺丝，抑或是一把螺丝刀，我四处探寻，但一无所获。我究竟在寻找什么呢？我自己也不知道。

我从哪里来？我为什么会出现在这里？我今后要往何处去？我活着到底是为了什么？

我总是琢磨这些问题，是在自寻烦恼吗？

"唉，有些话我也不知道该怎么开口。"

大叔放下手中打磨到一半的蓝色珊瑚，继续说了下去。

"珊瑚郎，你到海猫岛已经有四个年头了，还在执着于身世的事吗？你和在这里出生的海猫没有一丁点儿不同，之前的事情要是想不起来，就算了吧。"

"和那个没关系。"

我摇了摇头。

真的……没关系吗?

无论如何,盛夏不是个适合寻找真相的季节。在这个季节,就应该喝喝冰镇饮料,在树荫下打打盹,像月猫们那样尽情地享受夏日。

好似有人啪嗒一声按下转场键,周围瞬间就有了秋意。途经新月岛时,我发现沙滩上那些五彩斑斓的遮阳伞已经不见踪影,露天酒馆的椅子也都被收了起来。海水的颜色更深了,就连钓到的鱼都不是前些日子的品种了。

那样缺失的东西我最终也没能找到,只能就这么回到海猫岛,打算趁着夏天还没有完全过去,把遍体鳞伤的马林号好好维修一下。

我拜托造船厂的师傅帮忙检查一下船的引擎,还让他们重新调整了船的平衡装置。师傅还给马林号重新刷了漆,缆绳也换成了新的,原来那张被阳光晒掉了色的帆换成了纯白色的新帆。

就是在这时，我听说了关于南羽岛的事。

午后的烈日炙烤着大地。当时我正背朝骄阳，给马林号拧螺丝。就在我聚精会神地忙着手中的事情时，身后传来一个声音。起初我都没意识到声音的主人是在叫我，因为他说话轻声细语，特别有礼貌，而我们这些水手在港口打招呼都靠喊。

"不好意思，打扰一下，请问您是马林号的船长珊瑚郎先生吗？"

"我是，怎么了？"

我回过头，看到来者是一只很瘦的虎斑猫，他戴着一副眼镜，穿着一件很正式的白衬衫，腋下好像夹着望远镜。我从没在海猫岛见过他。

"我是从旗鱼老爹那里听说您的。我叫岸吉，是一位研究鸟类的学者。"

"研究鸟的？"

"是的，主要研究候鸟。"

岸吉向我示意他腋下的望远镜。

"你找我有什么事吗？"

"我想麻烦您开船带我去个地方。"

"我的船可不是客船，"我毫不留情地拒绝了他，"难道旗鱼老爹没和你说吗？"

"他告诉我了，但他说如果我来求您，说不定您会答应。"

"啊，这……"

我用手里的螺丝刀蹭了蹭耳朵。

旗鱼老爹去年退休了，一直以来他都很照顾我。我刚接触海猫船的那段时间，很多本领都是旗鱼老爹教给我的，而且他还救过我的命。因为年龄相差比较大，我们说不上多么合得来，但是我真的很欣赏这位顽固的老爷子。

既然旗鱼老爹发话了，我自然不好意思拒绝岸吉先生。

"你想去哪里？"

"我想去南方，准确说是南羽岛，"岸吉挺直了背，认真地说，"秋天马上就到了，海猫岛的候鸟即将向南迁徙。听说在南羽岛的最南边有一处候鸟过冬的栖息地，我想去那儿住上一个冬天，做些调研工作。"

"南羽岛，有点儿远啊。"

我有些为难。

"是啊。我其实找过其他水手，但是谁也不愿意载我过去。"

确实，去南羽岛就算乘快艇，最少也要花上七天，而且从海猫岛出发还没有固定航线。虽然偶尔有些大型渔船前往，但并不是每个季节都有。可我沿途还要四处捕鱼，带上这位学者确实有点儿不便。

"就你一个去吗？"

"是的，只有我一个。"

我从来没去过南羽岛，萧瑟的秋天马上就要来了，离开这里去南方转转也不错，说不定还能换换心情。虽然我不是很想让马林号载客，但是对方是位文质彬彬的学者，应该不会给我带来太多麻烦。

"那个……"岸吉见我犹豫，有些不放心地接着说，"您把我当成大件行李就好，我一定会全程保持安静，不会打扰您的。只要在船上给我留个角落就行了，实在是感激不尽……"

我忍俊不禁。这家伙如此小心翼翼，想来一定是旗鱼老爹告诉他我是个很难相处的水手。

"可以，我载你过去。"我脱口而出，"不过，你可要做好心理准备，我的船速度可是非常快的，不如那些观光船坐着舒服，而且船上没有什么像样的食物。"

"没关系，我已经习惯了。那就麻烦您了。"

岸吉仿佛看到了希望，眼里闪着光，看上去欣喜万分。

"那后天早上见吧。"

说完，我便低下头继续拧螺丝。

此时，我察觉到风向变了。

2／前往南羽岛

出发前，我弄到一张最新的南羽岛海图，查清了航线。

马林号是一条小船，虽然连续航行七天也不成问题，但我还是选择了一条途经几座小岛、可以中途靠岸歇歇的航线，这也是最快的安全航线。

由于这次出海的不只我一个，所以我还要事先找好能够避险的地方，以应对暴风雨或其他突发的紧急情况。

剩下的就是行李的问题了。

岸吉的行李太多了，马林号根本装不下。

我找到岸吉，告诉他马林号能带的东西有限，他的行李需要减半。

"不好意思，已经减到没法再减了。"

岸吉一边擦汗，一边频频道歉，看上去有些滑稽。

"那边可是南方，伙计，你根本不需要带这么多过冬的衣物。"

"可是我要一直住在帐篷里啊。"

"但你总不能一次性把三件毛衣全套身上吧！另外，你带的食物和燃料也太多了，这些东西到了南羽岛再想办法吧。"

"啊，那要怎么生活啊？"

"总会有办法的，中途可以钓鱼吃，柴火也能捡到。这些沉甸甸的罐头就别带了。"

因为一整个冬天都要留在那边做研究，望远镜、胶卷、书、笔记本、显微镜、药品，还有五花八门的工具，岸吉一样都不肯放下，他甚至还带了一条折叠式橡胶艇。待我们辛辛苦苦地把精简后的行李都搬到船上后，马林号的船舱被塞得满满当当，几乎没有能落脚的地方。

哎呀，旗鱼老爹真是给我介绍了一位难伺候的客人。

即便如此，我还是耐着性子陪他整理物品，与他反复沟通，因为年轻的岸吉身上的那股认真劲儿，以及为自己想做的事情一往无前的样子深深打动了我。虽然我对学者的工作一无所知，也对鸟类研究不感兴趣，但我觉得，岸吉都能为了研究鸟类在帐篷里住上一整个冬天，肯定会有所收获的。

看着装满行李的马林号平稳地行驶在海面上，我总算松了口气。

出发时阳光耀眼，但这趟已经不是夏日的旅行了。

最开始的两天，岸吉因为晕船痛苦不堪，但他没有一句抱怨的话。我装作漠不关心的样子对他置之不理，不过我也确实帮不上什么忙。

到了第三天，岸吉好像已经适应了船的晃动。

就像岸吉之前说的——"把我当成大件行李吧"，他在船上真的一句多余的话都不说。这应该不是因为旗鱼老爹说了什么，他似乎天生就是这种性格。如果我主动和他搭话，他就会认真地回答我；如果找他帮忙，他也会欣然应允。不过，他做起船上的工作来并不顺手，大部分情况下，比起麻烦他，我自己做反而更快些。

在海上航行时常常看到海鸟在海面上成群结队地欢闹，它们下方的海水里肯定有鱼群，这时经验丰富的渔民就会奔向那里去捕鱼。对这些渔民来说，看到了某种鸟，就知道能捕到什么样的鱼。

岸吉一看到罕见的鸟就会立刻激动地拿起望远镜观察，还会在他的本子上写写画画。每当这时，我就会配合地稍稍

放慢船速，绕点儿路，把船开到离鸟稍近的位置。

"那种鸟叫白尾海燕，体形比贝壳海燕小，喙很细，尾部的羽毛呈白色。"

岸吉认真地向我讲解。他这股热情劲儿倒是挺难得的，不过那些复杂的鸟名我是一个也记不住。岸吉想去南羽岛调查的，是一种名叫凤头长脚鹬的鸟。

这次的旅途非常顺利，马林号好像也变成了一只候鸟，追着夏天的尾巴向南方驶去。随着船慢慢驶向南方，我能感觉到气温一点点上升，阳光也更加耀眼了。

途中我们遇到过短暂的暴风雨，好在附近有座无人岛可以躲避，我还顺便钓了些鱼来补充口粮。要我说，风浪大一些才不无聊嘛，但是客人可能会吃不消。唉，还是一个人出海自在啊。

我们没有耽搁太久，在第八天抵达了南羽岛。

南羽岛是由很多小岛组成的群岛，住在这里的几乎都是渔民，他们驾驶着简易的小船穿梭于各个小岛之间，渔船上挂着原始的四角帆。

我们把船停到一座小岛边，看到一位正在岸边编虾篓的渔民，便走上前去打听凤头长脚鹬的消息。但渔民的口音太重了，我们基本无法交流。岸吉画了张图给渔民看，渔民立刻就明白了。他告诉了我们鸟的栖息地，还顺便提醒我们，这种鸟虽然能吃，但味道不太好。

我们驾船绕到小岛东边，沿着海岸线缓缓前进，挑选适合岸吉做研究的地方。没过一会儿，一直拿着望远镜观察的岸吉突然大叫起来：

"找到了！找到了！请把我放在那里吧！"

岸吉所说的地方是一处河滩。我看到那里的芦苇长得十分茂盛，一群脚很长的鸟扑棱棱地从芦苇丛里飞出来。

"你能不能选个别的地方啊？"

我为难地问岸吉。

"可是珊瑚郎先生，凤头长脚鹬都在这样的湿地里筑巢，这里简直是绝佳的观测地。"

17

"我知道，但是这种地方根本不能停船，而且在这种湿地上搭帐篷，你也睡不好啊。"

最后，我总算说服了岸吉，把船开到了稍远的海湾。然后，我们蹚着没过膝盖的海水，往返了好几次，争分夺秒地把行李从船上卸下来。因为照相机等精密仪器碰不得水，所以要趁着退潮赶快搬下来。

"那我就先走了。"我对着岸吉和他那堆积如山的行李说，"等到了春天我再来接你。"

"好啊，那到时候就麻烦您了。谢谢您，珊瑚郎先生。"

岸吉笑眯眯地说道。

接下来的一整个冬天，岸吉都要在这片陌生的土地上，独自在帐篷里生活，但是他看起来没有丝毫不安。真是个奇怪的家伙，可能他们这些学者的脑子里只装着鸟吧。在旁人看来很辛苦的工作，但他自己却乐在其中。

"行，那你就在这里好好研究吧。"

我把马林号推进海里。卸下行李的马林号非常轻，终于

又变回了原来的样子。这才像我的船嘛。

南羽岛倒真是个让人自在的好地方。这里一年四季草木常青，还有色彩艳丽的蝴蝶、野花和水果。但是我想找的东西并不在这里。我可以确定，我要找的既不是珍奇的野花，也不是南迁的候鸟。

"那么接下来——"

我掉转船头，让马林号驶出海湾。

"接下来去哪里呢？"

马林号的帆轻轻随风抖动，似乎在回应我。

3 / 白色的海雾

我其实并没有什么特别想去的地方。

把岸吉送到目的地后，我到附近的几座小岛上随便转了转，还去了一个叫渔夫镇的地方逛了逛，但仍感到百无聊赖。可能南方闷热的气候本来就不适合我。

在镇上的一个酒馆里，我遇到了一位来自海猫岛的水手，他之前在旗鱼老爹手下干活。交谈中，我了解到他是坐渔船来的，但一不小心被船上的卷扬机弄伤了手臂，便只好下船疗养。直到现在，他的一条手臂上还缠着绷带。

他就在这儿一边等下一艘船来，一边悠闲度日。我和他讲了岸吉的情况，拜托他有时间帮我照顾一下岸吉。

我怕自己到时候万一被什么事情耽搁了，不能去接岸吉，说不定要麻烦这位水手返回海猫岛时捎上岸吉。

我请他喝了杯南羽岛的椰果酒，又闲聊了一会儿，便和他道别了。可当我恢复独处之后，那股焦躁的感觉又涌上了心头。

喂，适可而止吧，我在心里告诫自己。我将船头转向北方，接着设置了自动驾驶模式。我平时不怎么喝椰果酒，几口下肚后竟有些上头，于是便钻进船舱，昏昏沉沉地睡着了。

不知什么时候，起雾了。

我睡醒后，站在甲板上眺望四周。乳白色的大雾如同浓稠的羹，好像能用勺子舀起来似的。船身被雾气包裹得严严实实的，我什么都看不见。

我有一种不祥的预感，于是赶紧打开航海罗盘查看。没想到本应显示航线的屏幕现在却布满了细密的雪花点，一闪

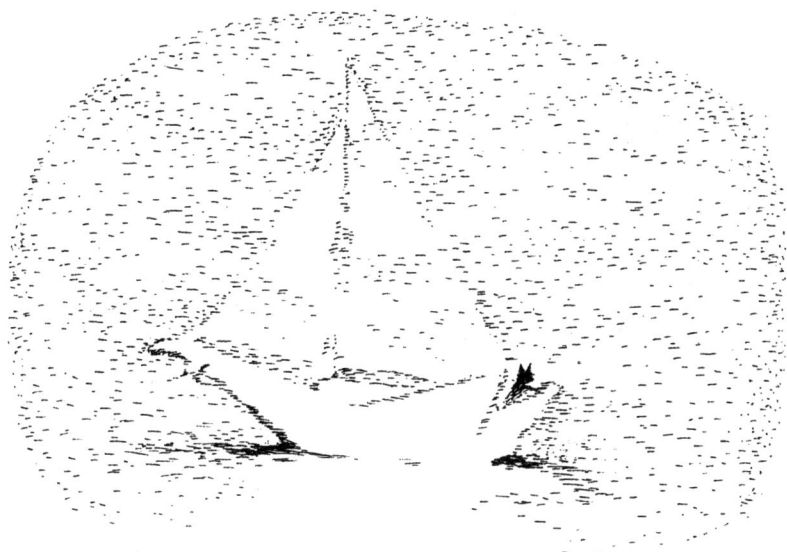

一闪的。

我试了试无线电对讲机，果然，对讲机也不能用了。

"这下糟了。"

我冲着大雾哀叹了一声，当然，什么用也没有。

海猫岛的水手对暴风雨一向毫不畏惧，但却很讨厌这种大雾弥漫的天气。由于受到磁场干扰，装有太阳能电池的自动航海罗盘会因此停止运转。小岛附近很少有这种天气，在陌生的海域还是小心为妙。

我刚才居然睡得那么沉，真是太大意了。

我心里升起一股无名火，抬手一掌拍向无线电对讲机。

马林号究竟是什么时候漂进这片茫茫大雾的？这里是哪儿？这鬼地方没有风，我感受不到海浪的起伏，更看不到来自陆地的光亮。

不管怎样，我先把各种设备关停，抛锚停船。如果不这么做，万一船被洋流冲走，撞上礁石或者搁浅，那就糟了。为保险起见，我只能选择下下策：停在这里等大雾消散。

我点亮桅杆上的灯，以防船被别的船撞上，这样也能让自己稍微安心些。不过，倘若真的有罗盘和安全装置都失灵的大船撞过来，马林号恐怕要当场倾翻了。

大雾总会消散的，可是到底要等到什么时候呢？一晚？一天？还是更久？

时间一分一秒地流逝，雾越来越浓了。白茫茫的雾气包裹着船身，渗进船舱，周围的一切都变得湿漉漉的。我的心情也好像被雾浸泡过一般阴沉沉的。我一伸舌头就能尝到一股潮湿的味道，好像所有食物都沾染上了这股味道。

船舱炉子里的燃料烧尽了，我本想再添上一些，但怎么都找不到油桶。我可能把油桶误当成岸吉的行李卸下去了，当时油桶正巧和岸吉的行李一起堆在船舱里。

真是祸不单行啊。无奈之下，我只好回到甲板上。传说口哨有唤来风的力量，我试着轻轻地吹了几下，但随即感到自己傻乎乎的，便作罢了。

在海上航行难免会遇到各种不测，但我最讨厌的就是海雾。要是被卷进惊涛骇浪，或是遇到狂风暴雨之类的恶劣天气，我眼睛眨都不会眨一下。面对海盗的子弹我都无所谓，只要临死前我还能保持自己的姿态就行。

但是像现在这样被重重浓雾裹挟，浑身弄得湿漉漉的，一点点地被逼上绝路，是我最受不了的。

待我回过神来，不禁惊得跳了起来——船被冲走了！

原来是缆绳太短，锚根本没能扎进海底。我赶紧转身，从储物箱里拿出备用缆绳。

就在转身的一瞬间，我看到了一束光。

那束光从雾的另一边射了过来，使雾染上了一片暗黄色。光忽明忽灭，有规律地闪动着，应该是灯塔的光。

我急忙展开航海图，图上显示在南羽岛的北边确实有一座小灯塔，这束光应该就是从那里射过来的。现在，我知道船的大致位置了。

我在不使用指南针和安全装置的状态下，把引擎调至低速，开始朝着灯塔，慢慢驱动马林号，试图摆脱讨厌的大雾。

那束光在马林号正前方偏左一点，我在心中估计了一下它的大致位置，然后驱船缓缓靠近。不一会儿，我又注意到了另一束光，它来自灯塔下方的一盏小灯，与灯塔的光一起闪烁着，但频率不同。

我读懂了那盏小灯发出的信号。

停船、危险！停船、危险……

灯光不断闪烁。

我立刻停下船，观察周围的情况。虽然距离太远了，有些看不清，但我可以肯定的是，有人站在灯塔那里注视着我的船。

　　不一会儿，新的信号来了。

　　"我们用无线电对讲机交流吧。"

　　"好啊。"

　　我打开了无线电对讲机的开关，里面传出一阵杂音。果然大雾干扰了周围的磁场。我稍稍提高音量。忽然，杂音戛然而止，对讲机里传来一个洪亮的声音。

　　"嘿，旅行船，你没事吧？今天雾特别大，我这里是灯塔岛。我叫阿贝，是这里的守塔员，你需要帮助吗？"

　　我用对讲机回答他。

　　"这里是来自海猫岛的马林号，我是船长珊瑚郎。我想把船开出这片大雾，从小岛边上绕过去。"

　　"啊，不行，不行啊！"

　　对讲机里传来阿贝连连阻止的声音。

“你很难开出这片大雾，而且这一带有很多礁石群，千万不要横冲直撞地过来。你在那里等一下，我给你带路。”

还没等我回答，他就切断了通话。

带路？他要怎么给我带路？

我小心翼翼地操控着马林号，让它尽量不要改变位置。透过白茫茫的大雾朝对面看去，灯塔依旧射出一束希望之光，但塔下的小灯已经灭了。

曾经，海猫岛周围的灯塔里也有守塔员。那时候，各地的灯塔都需要看守，但现在基本都换成了太阳能供电的无人灯塔。没想到这里居然还有这么古老的灯塔。

不一会儿，我的耳边传来船桨拨水的哗啦声，摇曳的灯光越来越近。接着，一条小船冲破层层浓雾，出现在我面前。

划船者把手里的小灯举过头顶，朝我晃了晃，好像在示意我跟他走。接着，他掉转了船的方向，开始朝着灯塔划去。

我谨慎地操纵着马林号紧随其后。虽然看不清周围的情况，但是从海浪拍打礁石发出的哗哗声判断，这里确实礁石

丛生，和阿贝说的一样。

　　带路的小船似乎特意选择了马林号不会触底的水路，把我往小岛的方向引。我不得不佩服划船者高超的技术。

　　小船驶进灯塔下方的海湾，这里建了一座简易的栈桥，老式的四方灯笼挂在栈桥旁边的柱子上。划船者身手敏捷地跳下船，过来帮我把马林号拴在栈桥上。

“终于安全了！”

他爽朗地笑道。

“刚刚真险呀，我正巧看到了你船上的灯，曾经有船就是在你刚才停船的地方触礁了，还好这次发现得比较及时。”

“多亏了你，我才能获救。我的航海罗盘在雾中不听使唤了。”

　　我连忙向阿贝道谢。只见他身穿防水服，遮风帽搭在背后。他身材矮小，看上去十分年轻，长着一双蓝中带灰的眼睛。

　　"我是阿贝，这里是灯塔岛。你要不要在这里住上几天？虽然这里挺简陋的，但好歹能吃上热饭。你还是先把身上的衣服烘干吧，你的衣服都被雾打湿了。"

　　"真的可以吗？"

“当然啦。”

阿贝看着我的眼睛点了点头，友好地向我伸出手。

“欢迎你，我一直在等你。”

那一瞬间，不知道为什么，我突然意识到——

我整个夏天一直在苦苦寻找的，也许就是这座灯塔！

4／灯塔

走到灯塔前，我发现它比我在远处看到的大得多。推开沉重的大门，里面亮着灯，那光芒犹如一团火焰温暖了我。

"这里的油漆味可能有点儿重，请忍耐一下。"

阿贝回过头对我说。

"海风的腐蚀性太强了，如果不经常刷漆，灯塔会渐渐生锈的。"

阿贝把脱下来的防水服随手挂到了墙上，接着又打开一扇门，门后似乎是一间小客厅，旁边还连着一间厨房。

"快坐下歇歇吧！你肚子饿了吧？我去热点儿汤。"

我坐在沙发上环顾四周。这间屋子虽然算不上宽敞，但住在里面一定很舒服。屋子正中间有个火炉，木炭整齐地堆在里面，好像随时都可以点燃。墙壁上刷着干净的白漆，窗上挂着颜色淡雅的窗帘。

墙边的架子上摆满了各种东西，有旧杂志、有关钓鱼的书等。阿贝好像独自住在这里。

"你是从什么时候开始住在这里的？"

阿贝端着热气腾腾的碗向我走来。

"我已经在这里住了很久了。"

阿贝回答得很含糊。

"应该会有其他守塔员来和你换班吧？"

"换班？啊，这个啊，偶尔吧。补给船一年也会来几次。你先把汤喝了吧，虽然里面有一半罐头，但味道还不错。"

船的燃料耗尽后，我就没吃过热乎的饭，阿贝的汤真是雪中送炭。一碗热乎乎的浓汤下肚，呼进肺里的雾仿佛都被

驱散了。

"真香啊。"

"真的吗？还是第一次有人夸奖我做的饭好吃呢。"

阿贝笑得很开心。

"你说你是海猫岛的水手，对吧？"

"是啊。"

"我虽然生在南羽岛，但我的祖母是在海猫岛出生的。我经常听她说，海猫岛离这里非常遥远，是一座美丽的小岛。我真想去看看啊。"

阿贝的目光飘向窗外。

"这附近经常出现今天这种大雾天气，特别是现在这个季节，所以需要有座灯塔指路。"

阿贝站起身。

"我得去看看灯，先失陪了。"

阿贝走出屋子，轻轻把门带上，整个房间瞬间变得鸦雀无声。

我走到窗边，拉开窗帘。不知不觉间，外面夜已经很深了。隔着双层玻璃，我只听到阵阵海浪拍打海岸的微弱声响。

漆黑的夜里，灯塔的光在有规律地闪烁着，如同一把长剑刺穿了浓雾。

窗边摆着一个花盆，里面种着几株植物，看起来像是蔬菜。在这种经常被雾气笼罩的小岛上，植物一定很难生长。

转过身，我注意到墙上的架子。架子中间的一格上陈列着几个精美的船模，每个船模都被单独封在一个玻璃瓶里。自古以来，水手们都爱制作这种船模。

瓶子里的这些船模都是些有年头的型号。船上的桅杆、船帆、帆索……每一个零件都非常逼真，简直就是缩小版的真船，精美极了。

这么多船模里，只有一个看上去款式很新，那是一个小型海猫船的模型。

我情不自禁地将它拿在手里端详。仔细一打量，我惊呆了——它和我最熟悉的那条船一模一样。

　　这分明就是我的马林号啊！颜色和形状分毫不差，那重新刷过漆的、锃亮的船体，那崭新的白帆，都是我熟悉的样子，就连桅杆上细小的划痕都别无二致。

　　瓶中的马林号船体略微倾斜，船帆兜满了风，俨然一副破浪前行的姿态。没错，这就是马林号最舒服的航行方式。

　　不知何时，阿贝突然出现在我身旁，我连一点儿脚步声都没有听到。

　　"啊，你在看这个船模呀。拜托，别看得这么仔细，我就是随便做着玩的。"阿贝笑着说，"无聊的时候，我就会做些船模来打发时间。"

"这……也太像我的船了，为什么会这么巧？你什么时候做的？"

"很久以前了。"

阿贝从我手里接过船模瞧了瞧。

"你这么一说，好像确实挺像的，不过这是我凭想象随便做的，也许是在什么杂志上看到过这样的船，又或者……"阿贝静静地把船模放回架子上，"我可能一直都很想见到这样的船吧。"

说完，阿贝突然深深地注视着我的眼睛。

"我想听听关于海猫岛的事，还有你和你的船的故事。你从哪里来？又要到哪里去？可以给我讲讲吗？"

"好啊。"

我回答。

也许我就是为了和你讲这些故事而专程前来的吧。

5/吉他和口哨

不知道睡了多久，我睁开了眼，四周一片漆黑，冷得要命。

尽管身上盖的高级毛毯非常厚实，但刺骨的寒气还是钻了进来，渗入我的身体。我冻得再也睡不着了。

距离天亮应该还有一段时间。现在也就刚入秋，没想到这座比海猫岛还靠南的岛竟能冷到这个地步。

此时，不知从何处传来一阵优美的旋律，我从床上坐起来侧耳倾听，那声音很微弱，似乎是谁在弹吉他。

阿贝现在在哪里呢？

昨天晚上，我们漫无边际地聊了很久，阿贝中途出去查看了几次灯。之后，我就被他带进这间卧室睡觉了。

穿上外衣，我悄悄走出卧室。走廊里也像正处于隆冬一样，冷飕飕的。昏暗的灯光下，我看到呼出的气都凝成团团白雾。客厅和厨房的灯都熄了，感受不到一丝生活的气息。

吉他的声音清晰地从楼上传来，中途停了一会儿，接着又继续。确实有谁在弹吉他，这声音既不是唱片发出来的，也不是收音机发出来的。

我抬头向上看，狭窄的铁制楼梯呈螺旋状，旋转着上升，最上面的屋子好像是灯塔的灯室。

我缓缓地走上陡峭的楼梯。楼梯扶手上被细心地刷了一层白漆，我的手搭上去的一瞬间简直都要被冻僵了，扶手摸上去就像冰柱一样。

这里温度也太反常了，为什么会这么冷呢？

吉他声越来越近，下一秒戛然而止。

"啊，对不起。是不是吵醒你了？"

阿贝的声音传来。

楼梯尽头是一个狭小的房间，房间四面都是白墙，里面像白天一样明亮。墙壁上排列着好几扇镶着厚玻璃的窗户，窗外是漆黑的夜色。

房间的正中央，立着一架比楼梯窄一些的梯子。

梯子一直通向灯室，我能闻到空气中有一股淡淡的灯油味儿。灯塔的大灯就在头上闪烁着，照得这个房间极其明亮。

阿贝坐在地上，背靠墙壁，手里抱着一把吉他。那是一把非常漂亮的吉他，泛着木头特有的光泽。

"把你吵醒了，真不好意思。"

阿贝说着放下了吉他。

"不，不是的。"我解释道，"我刚刚是被冻醒的。这个季节，灯塔岛一直都像现在这么冷吗？"

"冷吗？"

阿贝有些不可思议地看着我，他身上只穿了一件宽松的薄衬衫，袖子向上挽起。

"啊，原来你这么冷。都怪我疏忽了。"阿贝笑着抬起一只手在半空挥了一下，"很少有客人来我这儿，我总会忘记温度。这下应该差不多了。"

我确定阿贝没有触碰到电暖炉开关之类的东西。别提电暖炉了，这屋里空空荡荡的，连一件家具都没有。但当阿贝放下手的一瞬间，那萦绕不去的彻骨寒气竟然奇迹般地消失了，我几乎冻僵的身体暖和起来了，感觉很舒服。

"现在不冷了吧？"

"是啊，现在好多了。"

我和阿贝沉默着对视了一会儿。

"我想听你弹吉他。"我率先打破了沉默。

阿贝耸了耸肩。

"哎呀,我弹得不好,而且我也就会几首曲子。"

"你太谦虚了,我觉得很好听。能不能请你再弹一会儿?"

我走到阿贝身边,用和他相同的姿势坐到了地上。现在地面也不凉了。

"我最近都没练习,就弹一首短一点儿的曲子吧。"

阿贝拿起吉他,拨弄了几下琴弦,接着便弹奏起来。

那是一首听起来很忧郁的三拍子乐曲,它好像来自陌生的遥远国度,但我总觉得在哪里听过。究竟是什么时候,又在哪里听过呢?或许是在梦里吧。

阿贝轻轻闭上眼睛,一边弹奏,一边轻轻摇晃身体。他的手指触碰琴弦,音符仿佛一个接一个地自动蹦了出来。清脆的高音之后是婉转的低音,高音叠加着低音,像层层海浪般无边无际地扩散开来。

啊,我知道为什么这首曲子听上去很熟悉了,肯定是因

为它很像大海的声音。

　　独自出海航行的时候，我时常能听到来自海底的呼唤，那声音虽然很微弱，旋律也是断断续续的，但确实就是阿贝弹的这首曲子。

　　肯定不只我听到过大海的声音。在漫漫长夜里独自驻守灯塔的时候，阿贝一定也听到过。

　　阿贝轻柔地弹出最后的和弦，结束了演奏。当琴音完全消失后，他抬头看向我，害羞地抿嘴笑了。

"这曲子真动听啊。"

"是吗？我还是第一次被夸呢！你喜欢听，我真是太开心了。"

说完，阿贝拿出一条手绢，小心翼翼地擦拭着吉他。

"你刚才弹的曲子叫什么名字？"

"我还没起名字呢。"

"原来是你自己写的曲子啊。"

"一半算是我自己写的，另一半来自大海。"

阿贝站起身，眺望窗外。灯塔的光投射在海面上，在漆黑的夜空里，有规律地闪烁着。

"再过半个月，南迁的候鸟就要路过这里了。"阿贝看着窗外陷入沉思，"你知道吗？那些候鸟即使在深夜，也都在不停地飞。有的往南方飞，有的从南方飞回这里，但是灯塔的光太强了，会晃到它们的眼睛，有的候鸟会直冲冲地撞上灯塔。"

岸吉也说过同样的话。候鸟的头虽小，但里面的构造如同精密的罗盘，能确保它们在飞行过程中不会迷失方向。但是一旦遇到强光，候鸟就会头昏眼花，失去方向感，就和马林号的航海罗盘在雾中失灵一样。

"我坐在这里，总能听到候鸟撞在灯塔上的啪啪声，那声音听上去就像磅礴的大雨打在灯塔上。我很想做点儿什么，却无能为力。其实，只要把灯关了就行，但是总不能关一整晚。早晨下楼，我常常发现灯塔下面有很多脖子折断的候鸟，多的时候能有几十只。我能做的就是把这些候鸟一只一只地捡起来埋了，每次埋葬它们的时候，我都会忍不住流泪。"

阿贝抬手擦了擦玻璃上的水珠。

"不过，有的候鸟只是撞晕了。我把它们救起来，精心照料一阵，它们就康复了。所以，一到候鸟南迁的季节，各地灯塔的守护者都很忙碌。有时候厨房的窗边站着一群鸟，光是依次给它们喂食就要花不少工夫。等它们飞走后，我就清闲下来了，但总觉得有点儿寂寞。"

阿贝转过身，把手里的吉他递给我。

"珊瑚郎，你要不要试试弹吉他？"

"我喜欢听，但不会弹，"我摇了摇头，"我什么乐器都不会，只会吹口哨。"

"哇，会吹口哨也很厉害了！我就不会，高音怎么都吹不出来。"阿贝开心地应和道，"对了，有一首吉他和长笛合奏的曲子，如果长笛演奏的部分换成你的口哨声，我们不就能合奏一曲了？我们试试吧。"

"是一首什么样的曲子啊？我能行吗？"

"就是这首。"

阿贝直直地看着我，他蓝色的眼睛里略带些灰，两种明暗不同的颜色混合在一起，真是不可思议。

一瞬间，那首曲子就出现在了我的脑海里，就像刚才屋里突然变暖一样不可思议。

那是用蓝灰色的墨水书写在发黄的纸上的一排排音符，圆圆的音符谱写出了一首非常优美的曲子，旋律富有年代感。

我尝试着用口哨轻轻吹出乐曲最后的副歌部分。

"是这样的吗？"

"是啊，你吹得真好听！是不是很简单？一看就会了。"

阿贝拿起吉他，弹奏出开头的和弦。

"我数一、二、三，我们就开始，我用吉他模仿大海的声音，你用口哨吹出风的声音。"

周围的空气仿佛都染上了淡淡的蓝色，海风的气息扑面而来。

6／第十六个人

我在灯塔岛待了整整三天。这三天里，浓雾始终包裹着小岛，天空丝毫没有放晴的迹象。

阿贝在灯塔里涂涂油漆，补补裂痕，我也会时常帮帮他，顺便打发时间。阿贝做事一丝不苟，不放过任何边边角角，干起活来特别细致。我光是站在一旁看着都觉得赏心悦目。

"你真是帮了我大忙啊。"阿贝开心地对我说，"我觉得你很擅长刷漆。"

"我经常给马林号刷漆，可能已经习惯了吧。"

隔着窗户，我看到了停在海湾的马林号的桅杆。

"你的船，就是马林号，真是一条很棒的船啊！我觉得它很适合你，我真羡慕你有配合得这么默契的船陪在身边。我和你不一样，只有我的吉他一直陪着我。"

阿贝一边小心翼翼地沿着窗框刷漆，一边和我聊天。

"珊瑚郎，你是为了什么而活呢？"

"你问我活下去的理由啊？"

我被阿贝突如其来的提问给问住了，一时间不知道该怎么回答。

"我也不清楚，我没怎么考虑过这个问题。"

我没有说谎，不过说起来，我也不算完全没想过这件事。

"那我告诉你吧。"

阿贝突然认真起来，语气坚定。

"你就是为了那条船而存在的，那条船也是为了你而存在的。只有你活下去，马林号才能继续航行。"

我出神地望着阿贝的侧脸。阿贝没有停下刷油漆的动作，继续说道：

"珊瑚郎，你只要记住这一点就够了。无论你从何处来，又要到何处去，一切都是你自己的选择，无须瞻前顾后。等到你过完这一生，马林号也会与你同归，那将是个圆满的结局。"

"你为什么这么想呢？"

"这并不是我的想法，而是事实。"

阿贝放下油漆刷，往后退了一步，检查是否有漏刷的地方，接着回头冲我微微一笑。

"哎呀，要是让你不自在了，不好意思。我不是水手，对船也不是很了解。不过，长时间驻守灯塔之后，我总觉得好像自然而然就明白了很多事情。"

我们刷了一天漆，赶在太阳落山前去散了散步。小岛面积不大，地势平坦。只需花上一小时左右，就能绕岛一圈。岛上有很多岩石，看不到什么高大的树木。

虽然这座灯塔建得很牢固，但万一遭遇暴风雨，整座小岛上的建筑恐怕瞬间就会被海浪冲毁，在这样的岛上生活一定不轻松吧。

我也算喜欢独来独往，在海上漂着的时候自不必说，就连回到陆地之后我也很少和别人碰面。但如果让我独自在灯塔岛待上几周，甚至几个月，我不确定我是否会愿意过这样的生活。

但是阿贝愿意。更令我感到不可思议的是，他那样开朗。阿贝不是那种不愿与人交往的性格，他性子直爽，喜欢音乐，喜欢和别人聊天。他究竟为什么要一个人留在这里呢？难道是有什么难言之隐吗？

距离马林号停靠的海湾不远处有片小沙滩，沙滩上还残留着之前篝火燃烧后留下的黑色印记。

"夏天我会在这里游泳，可舒服了，就是海水有点儿凉。"阿贝漫不经心地和我闲聊。

"每到月圆之夜，海水的流向就会发生变化。这时候会有很多稀奇古怪的东西被冲上沙滩，比如漂洋过海的木头、瓶子、树上的果实之类的。各种千奇百怪的东西从很远很远的

地方漂过来，在海边捡东西真的非常有趣。"

天黑之后，阿贝往大灯里添了些煤油，并点亮了客厅的小灯。晚餐后，我们俩坐在地下室里玩起了纸牌和象棋。我们水平不相上下，最终也没能分出个胜负。

之前那种彻骨的寒气还是会时不时毫无征兆地袭来，但每每还没等我开口，阿贝就会立刻注意到，然后马上挥手驱散寒气，我习惯了以后就不太在意了。

夜深之后，阿贝弹起了吉他。他弹的曲子都没起名字，但每首都很好听。我毫不掩饰地表达我的喜爱，阿贝听后开心得像个小孩子。后来，我们俩还又合奏了一曲。这首曲子旋律不仅好记，并且我还能和着阿贝的和弦吹出新的调子。

天快亮时，我回屋钻进被窝睡觉了，阿贝依旧在楼上静静地弹着吉他。那哀婉的吉他声经常飘入我的梦中，我不知道阿贝是什么时候入睡的。

起床后，我发现阿贝早就醒了，他一会儿擦擦玻璃，一会儿给花盆里的蔬菜浇浇水。

我们一起度过了三天左右，或许比我记忆中的要长，也可能更短。在浓雾的笼罩下，钟表时常停止摆动，时间好像在缓慢地流逝，有时又似乎在倒流。

　　第三天夜里，阿贝又拿出了他的吉他，但不知道为何，他这次并没有弹奏，只是默默地一遍又一遍地擦拭着。

　　窗外灯塔的光一闪而过，那道光就这样一圈圈地转动，规律地闪着，一刻不停地照亮漆黑的海面。

　　如果现在有还没入睡的水手在周围驾船航行，那么他一定会看到这束光。由于浓雾的遮挡，光变得有些模糊，看起来就像一朵巨大的黄色花朵绽放在夜空中。

　　不知道路过的水手会不会想到擦灯的守塔员。不过，倘若水手的双手被寒夜里的北风吹得冰凉，他或许会试着抬手去触碰那唯一的光源。无论多么遥远，阿贝一定会施个魔法，温暖他们的双手，因为这里是阿贝的灯塔。

　　"明天就放晴了，"阿贝喃喃自语道，"我就知道，这雾气一定会消散的。明天早上，你就可以驾船离开了。"

"明天就能离开了吗……"

阿贝咚地放下吉他，站了起来，走到窗边和我并肩而立。

"曾经有条船在前面那片海域触礁了，当时也是这种大雾天气。"

阿贝一边看着窗外，一边向我讲述。

"就是现在这个时候。因为那是候鸟即将飞往南方过冬的季节，所以我记得特别清楚。那天的浪特别高，我之前好像和你提起过，这片海域很危险，再加上弥漫的浓雾，简直就是鬼门关。当时那条船摸索着行驶过来，结果不幸撞上礁石，沉没了。我至今还记得那条船叫银波号。"

"是条客船吗？"

"不，是条货船。当时它正要前往新月岛，往那边运送些水果之类的货物，可能因为比计划的时间晚了几天，所以就要连夜赶路吧。结果，银波号船底被撞漏了，海水立刻就灌了进来。事发时，我睡着了，我明明不应该睡觉的，所以没有发现有船遇难，直到接收到了无线电求救信号，我才赶紧前去营救。"

"你当时就是划着帮我引路的那条小船去救人的吗？"

"是啊，我只有那一条船。银波号上也有救生艇，但当时情况紧急，水手都争先恐后地往救生艇上跳，结果救生艇就翻了。秋天，这里的海水特别凉，要是一直泡在水里，根本撑不了多久，所以我往返了四次，总共救上来十五名水手。"

在这波涛汹涌的大海上，而且又是雾气弥漫的黑夜，一条小小的手划船往返四次，有多么不容易可想而知。即使对驾轻就熟的老水手来说，这也是很艰难的工作了。阿贝那条简易的手划船要是一次乘坐四名水手，肯定相当沉，阿贝看上去并不那么有力量。

可我之前从来没听过银波号遇难的事，这也太奇怪了。即便是其他小岛的船，如果船上有十五名水手都险些遇难，那传言也会传到海猫岛啊。

"阿贝，多亏了你，他们才能获救。当时一定很危险吧？"

阿贝的双手抵在玻璃上，缓缓地摇了摇头。

"我只救下来了十五名水手，但那条遇难的银波号上原本有十六名水手的。"

阿贝面朝着窗户，喃喃道。

"十六名？"

"是的，还有一名水手我没能救下来，只剩那最后一个人没有获救，他就这样葬身于这片茫茫大海中。"

阿贝闭着眼睛，陷入了回忆。看上去他似乎想努力挤出一丝微笑，但这笑容却完全看不出他先前开朗的样子，他反而像马上就要倒下般精疲力尽。他仿佛被强烈的悲痛吞没，浑身上下止不住地颤抖。

"这里好冷啊。"

阿贝低声自言自语，声音小到几乎快听不见了。

寒气如同潮水般奔涌而来，马上就要将我和阿贝吞噬，呼出的气都变成了一团白雾。

"阿贝，振作一点儿！"

我紧紧抓着阿贝的肩膀，指尖传来的寒冷以及那虚无缥绺的触感让我一哆嗦。

"阿贝，你已经尽力了。不，应该说你已经拼尽全力了，这就足够了。别再耿耿于怀了，好好休息一下吧。"

我脱下外套裹在阿贝身上，把他扛下楼。

我把客厅的旧沙发拽到火炉旁，让阿贝坐在沙发上。我把屋里所有毛毯都盖在他身上，然后赶忙去生火。周围的一切都冷得让我不敢触碰，甚至连我的手指都冻得僵硬，怎么也划不着火柴。

好像过了很久，炉火才噼里啪啦地燃烧起来。我搓了搓阿贝的手脚，又轻轻拍了拍他的脸颊。

"阿贝！听好了，你前些天不是在浓雾中也救了我一命吗？我就是那最后一个人，是被你救上来的第十六个人啊！一切都过去了，不要再自责了，好吗？就让这件事过去吧！"

阿贝终于缓缓睁开了眼睛。

"珊瑚郎……真的吗？你真这么认为吗？"

"不是我这么认为，这就是事实啊。"

听到我的回答，阿贝开心地笑了。

"听你这么一说，我真的，真的感觉如释重负。"

我察觉到冰冷的空气沿着炉火边缘缓缓散去，就像冰块正在慢慢融化一样。我来到厨房的架子前翻找食物，只找到了一包草药茶。我泡了一壶茶，让阿贝喝了。我慢慢感到暖和起来，刚才焦急的心情也安定了不少。

我和阿贝又漫无目的地聊了一会儿，聊到了钓鱼，聊到了游戏。

等阿贝身体状况稳定后，我试着问他：

"阿贝，你弹吉他给我听，好吗？我还想再听一次。"

阿贝看着我，点了点头，脸上开朗的神情又回来了。

"等我一下，我帮你把吉他拿过来。"

"不用这么麻烦，我自己来。"

阿贝笑着阻止了我，他轻轻地将一只手伸向空中。一眨眼的工夫，原本还在楼上的吉他神奇地出现在阿贝的手里。

"珊瑚郎，帮我配一段口哨吧。"

阿贝拨了下琴弦，对我说道。

灯塔的光照亮了黑暗，雾气也开始慢慢散去。

7 / 离别

正如阿贝所说，第二天早上晴空万里。持续多日的大雾已经散去，海面上看不到一缕雾气，蓝色的大海一望无际。停止运转的钟表也重新走动起来。

一阵清风拂面而过，是秋天的气息。

我们慢慢走向马林号停靠的海湾。

"这些天承蒙你照顾了，谢谢。"

我向阿贝道谢。耀眼的阳光让阿贝眯起了眼睛。

"我才要向你道谢呢，这些天你帮了我这么多忙。"

灯塔在朝阳的照耀下白得发亮。我抬头仰望，被擦得干干净净的玻璃像宝石一样反射着耀眼的光芒。

"你有什么需要的东西吗？我过一阵还会再来的，如果你有什么想要的东西，我都可以帮你带过来。"

阿贝想了一会儿，客气地对我说：

"如果你有办法弄到的话，我想要一副吉他弦，最便宜的那种就行。现在这副弦偶尔会断掉，而且用久了之后音也不太好了。"

"好的，这个我能弄到。还有其他需要的吗？"

"只要这个就行了，食物和煤油还有很多，反正我自己住，也用不了多少。"

等我离开后，阿贝又要孤零零地待在这里了吧。

候鸟马上就要飞来了，之后便是冬天了。在漫长寒冷的冬季，阿贝还是不分昼夜地刷油漆、点灯、弹吉他吗？

"阿贝，我想问你一件事。"

"嗯，什么事？"

　　"你为什么要一直驻守在这里？"

　　阿贝停下脚步，深吸了一口气后，爽朗地笑了。

　　"这不是显而易见吗？这就是我的工作，我很喜欢。而且，
灯塔是不能没人看守的，否则灯就灭了，铁也会生锈的，所以
必须要好好维护它。我愿意留在这里。这是我自己的选择。"

　　"你说的这些我都明白，我想问的是你为什么要选择……"

"珊瑚郎，别再追问了，"阿贝摆摆手，打断了我的话，"对不起，我不能回答你，先别问了。"

这时，突然有一阵风从我和阿贝之间吹过。

"等我们下次见面时，你自然会知道答案的。"

"我希望我们还有机会见面。"

阿贝看着我的眼睛，点了点头。

"会见面的。如果你还来，我会在这里等你。最好是满月的时候来吧，在这里看到的月亮很美。"

"好，那我们就说定了。"

我也点了点头。

"那我再问你另外一个问题，为什么还要叫我来这里？"

"啊，这个嘛……"

滚滚波涛拍打着海岸，阿贝一边朝岸边走去，一边回头对我说。

"大概是因为……你和我很像吧。我一直在等你，想和你说说话。这些天能和你聊天真是太好了，我很开心。"

马林号的桅杆微微晃动，起风了。我忽然有种很久都没开过船的感觉。

我上船粗略地看了一圈，好像磁场的影响已经消失了。不过因为马林号在大雾中停了好几天，太阳能电池应该没电了，辅助引擎也几乎不能用了。与大型船只不同，马林号的缺点是必须经常充电，否则就无法航行。

算了，只要有风就行，单靠船帆马林号也能航行——当然前提是中途不需要发动引擎。

我一边这么想着，一边看了看仪表盘，不禁大吃一惊：仪表盘的指针向右偏了很多，好像刚充满电一样。

我和站在岸边的阿贝四目相对。

"这是……？"

我正想开口询问，阿贝就调皮地冲我眨了眨眼睛。

不仅是电池，就连船舱里做饭的炉子也被阿贝悄无声息地加满了燃油。

"我给马林号添了灯油，"阿贝向我解释，"灯塔用的是一种特殊的燃油，比一般的燃油耐用多了。我能做的也就只有这些了，你别怪我自作主张。"

"哪里的话，太感谢了！你真是帮了我大忙啊。"

阿贝背朝白色灯塔站立着。风吹动他身上的薄衬衫，衣角随风飘扬，显得阿贝又瘦又小。

真是太遗憾了，如果我们之间相隔不是如此遥远，那我和阿贝一定会成为很好的朋友。

"阿贝——"

我从船舷边探出身子，情不自禁地朝他大喊。

"上船！我们一起走！"

阿贝微笑着，用力摇了摇头。然后，他跑到栈桥的柱子边，迅速解开了船的缆绳，用力向我扔过来。

潮水把马林号推向大海，我眼睁睁地看着我和阿贝之间的蓝色海面越来越宽。

"当心海上的礁石！"阿贝挥手喊道，"我等你啊——下个满月时见——"

风把阿贝的声音吹散了。马林号把小岛留在身后，驶向了广阔无垠的大海。

灯塔越来越远，不久便完全消失，但那耀眼的光却一直在我眼前挥之不去。

8/银波号的故事

我驾船驶回海猫岛，并没有直接开进港口，而是绕过西海岸，去找旗鱼老爹。

旗鱼老爹虽然退休了，但大家还是依旧叫他船长。听说这位以性格顽固著称、让年轻水手畏惧的老爷子现在也变得平易近人了。

他的海龟号曾是海猫岛最后一条老式渔船，但现在也不复存在了。旗鱼老爹亲眼看着海龟号走完了最后一程。心爱的船被拆解后，旗鱼老爹果断放弃了城里的生活，搬到了乡下，远离世俗的喧嚣。真是船长特有的潇洒做派。

一座山紧贴着西海岸，山上栽满了橘子树，树上结着圆滚滚的金色果实，远远地就能望见。

小小的栈桥旁，渔船整齐地排成一排，我把马林号也拴在那儿，踏上了弯曲狭窄的山路。

途中，我还叫住了一个从山上下来的小男孩，向他询问旗鱼老爹的住处。

"你问船长呀，他就住在前面。你沿着路再走一段，马上就能看到了。"

男孩指着前方对我说道。

果然，没走一会儿，我就看见了旗鱼老爹的家。房前摆着一尊古木雕像，看上去十分威严。这是之前摆在海龟号船头的女神像，我一眼就认了出来。

我站在大门口，喊了声，旗鱼老爹的孙女从门里探出了小脑袋。

"你爷爷在家吗？"

小姑娘眨眨眼，打量了我一番，轻轻点了点头。接着，她跑进屋里，用稚嫩的声音大喊：

"爷爷，珊瑚郎来了。"

旗鱼老爹在能俯瞰到大海的阳台上整理渔具，他正把一个个做工精美的鱼钩整整齐齐地放进箱子里。

"哦，你小子来啦。"

船长瓮声瓮气地向我打了声招呼。

"我在这儿看得一清二楚。你的船从海上驶过来时，我一眼就认出来了。你还是老样子啊。"

"什么样子？"

我看向辽阔的大海，一条小渔船正迎着波涛驶向远方。在整座海猫岛，就属西海岸的风景最美了。

"就是你开船的方式啊，和四年前比，真是一点儿都没变。那么快的船速，还是顺风，你怎么就敢突然转向？这么不要命的家伙除了你，还有谁？"

看起来今天旗鱼老爹的心情似乎很好。

"我都没注意到您。"

"现在的年轻人都跟你学，真让人头痛啊。听说前一阵还有人到造船厂打听能不能造出一条和马林号一样的船，造船师傅都惊呆了。"

"哈哈哈！"

我大概已经猜到是谁了。

"那造船师傅是怎么回答的？"

"师傅说再等个十年吧，等攒够钱了再过来，这是当然的了。其实，即便有了和马林号一模一样的船，如果没有高超的驾驶技术，最终也会遭遇海难的。"

旗鱼老爹的小孙女小心翼翼地端过来茶，把茶放到我和旗鱼老爹面前后，默默地鞠了一躬，就跑出去了。

"对了，说到海难，您听说过银波号吗？就是在南羽岛北面的灯塔附近触礁的那条船。"

我询问旗鱼老爹，这也正是我今天来这儿的目的。

"你问银波号吗？银波……"

旗鱼老爹抬头仰望着棚顶，沉思了一会儿。

"啊，那条南羽岛的货船啊，我想起来了。那可真是一次悲惨的事故啊，已经过去很久了。"

旗鱼老爹喝了口茶，继续说了下去。

"那是一个浓雾弥漫的夜晚，银波号触礁之后便沉没了。听说船上载了很多货物，事发时，值班的守塔员还正好睡着了。具体情况我也不是很清楚。"

"很久是多久啊？"

我继续刨根问底。

"这个嘛，大概是二十年前的事了吧？没错，差不多有二十年了。"

"二十年？"

怎么可能呢，虽然我已料想到那场事故发生在我来海猫岛之前，但绝不可能过去了二十年这么久啊。

"您这是听谁说的啊，靠谱吗？"

"臭小子，我虽然上年纪了，但还没糊涂呢。"

旗鱼老爹瞪了我一眼。

"当时我经常开船去南方，有一次在南羽岛遇到一个渔夫，是他告诉我的。如果你想知道事情详细的经过，我可以帮你查一下航海日志。你问这个干什么？"

"我听说当时船上共有十六个水手，只有一个没有获救……"

"不，不是的。"旗鱼老爹摇了摇头，"你从哪里听到的这个结局啊？船上一共就十五人，全都获救了。"

"全都获救了？"

"是啊，如果事情到这里结束就好了，那该是多么圆满的结局啊。"

旗鱼老爹又往烟斗里装了些薄荷烟叶。

"可银波号船长获救后坚持说，还有一个在海里，可能是当时周围一片漆黑，他搞错了。结果，那个负责救人的小伙子又冲进惊涛骇浪中去寻找，最后和船一起被卷了进去，再也没能回来。"

我缓缓放下茶杯，努力控制着颤抖的双手。

"救援的守塔员反而遇难了，还是为了去救一个根本不存在的人……所以大家才说，那是一起悲惨的事故。"

"那遇难的是……"

"就是那个灯塔岛的守塔员，他遇难的时候还很年轻，都不算正式员工，只是个刚来没多久的临时代班的。唉，只能说那个孩子运气不好吧。事后银波号的船长也被解雇了，我们都说这是他自作自受。"

原来这才是事情的真相啊。

一瞬间，我全都明白了。为什么阿贝的眼睛颜色十分怪异，为什么他一直守着那座灯塔，为什么塔内冷如冰窖，我全都明白了。

"还有一个人我没能救回来，只剩那最后一个人没有获救，他就这样殒命于茫茫大海中。"

二十年前的大雾之夜，阿贝独自划着他唯一的那条小船冲向大海。从那以后，不知又有过多少次满月呢？

阿贝啊，我不想听到这么令人心碎的真相，但是，我必须了解真相，无论如何，都要再次与你相见。

忽然，周围所有声音都消失了，那种刺骨的寒冷又回来了。我立刻闭上眼睛，想努力抵御这股寒气。

"喂，珊瑚郎，你怎么了？"

恢复意识后，我看到旗鱼老爹目不转睛地盯着我。

"没……我没事，不好意思。"

我缓缓地调整呼吸。

"你是不是太累了？别太逞强啊，你这老毛病怎么一直不改呢？水手要是太逞强，可是会遇到麻烦的。"

"我没有逞强啊，我很清楚自己的情况。"

"你以为你很了解自己吗？年纪轻轻的就说这种话，还为时尚早。"

旗鱼老爹用烟斗咚咚地敲了几下桌子。

旗鱼老爹的小孙女不知什么时候跑了回来，此时正站在他身后，一脸担心地朝我看过来。我冲小姑娘笑了笑。

"对了，那个研究鸟的学者怎么样了？他之前是不是去找过你了？"

"我已经把他送到了南羽岛，等来年春天再去接他。"

我把手撑在桌子上，站起身来。

"那就好，你休息一段时间吧。"

"我会的。"

离开旗鱼老爹家后，刚才为我指路的男孩迎面走来，他怀里抱着一个鱼篓。

"找到了吧？"

男孩自来熟地微笑着，向我搭话。

"嗯，找到了。"

我回答道，然后冲他摆摆手，走下山坡。闪闪发光的大海还在等我。

我放慢船速，让马林号漂

在海面上。倒不是因为旗鱼老爹的告诫，我只是觉得漂在海上更适合思考，我还有很多要考虑清楚的问题。我关掉了引擎和航海罗盘，任由帆被风吹得呼呼作响，我就这样静静地躺在船上，望着天空。

可是我却怎么都无法集中注意力。有些像粼粼的波光、云团碎片一样的东西走马灯般在我脑海中浮现，消失，再浮现。

傍晚，我将马林号拴在常停船的码头时，终于下定了决心。

这时，一条渔船驶进码头，开始卸货，码头一下子变得嘈杂起来。与此同时，一辆载满冰块的拖车嘎吱嘎吱地缓缓驶来，一个小伙子从拖车上一跃而下，朝我跑来，原来是鱿鱼丸。

"老大，你去哪里啦？"

"南羽岛。"我简短地回答道，"你还在上班吧？可不许偷懒。"

"只是临时找的活儿，而且已经干完啦。"

鱿鱼丸露出一口白牙。几周没见，这小子好像变壮了些。

"你爸爸身体怎么样啊？"

"还是老样子，风止医生说，他还需要一些时间才能康复。而且就算康复了，他也不能再潜水了。所以，我觉得老爸可能会变得很消沉，我真不忍心看到老爸难过。"

虽然鱿鱼丸说得轻描淡写，但我能看出来，一向乐观的鱿鱼丸也有心事了。

鱿鱼丸的爸爸在海猫岛南部的村庄从事捕鱼工作，入夏之后，突然生病住院了，鱿鱼丸还回家待了一段时间。听说他在是否要继承家业的问题上和他爸爸起了不少争执。

"老大，我来帮你吧。"

"不用了，我马上就出发了。"

我阻止了想要翻上马林号的鱿鱼丸，三下五除二把帆收了起来。

"老大，这回你又要去哪里啊？"

"去哪儿也不带你，你就别瞎操心了。"

"我知道，就是随便问问。"

鱿鱼丸故意鼓起腮帮子。

今年开春第一次出海时，鱿鱼丸偷偷溜上马林号，结果不巧遇到了危险。现在，他爸爸还在住院，我就更不能带他了。而且，这次与以往不同，无论如何，我都只能独自踏上旅途。

"那老大，你有什么吩咐尽管告诉我，我一定会帮你的。"

"我还真有件事想拜托你，你能帮我买些东西吗？"

我递给鱿鱼丸一张写得满满当当的纸条和几枚银币。

"这上面都写了什么呀？咦，还要吉他弦吗？老大，你会弹吉他？"

"别问了，叫你去就去。找零的钱你自己留着吧，你现在应该很需要钱。"

"嗯？"

"我都听说了，你去造船厂的事。"

"啊……"

鱿鱼丸夸张地抱着头，蹲在地上。

"天哪，已经传开了吗？太丢脸了。"

"都传开了。你的事情你自己决定，跟我没关系。但是，我劝你还是别整天想那些不切实际的事，好好工作。"

"遵命！"

我看着飞快跑远的鱿鱼丸，微微一笑。

总觉得我上了年纪后，也会变得像旗鱼老爹一样爱教育人。

　　鱿鱼丸离开后，我也去小镇上转了转，买了些必需品。

　　夜幕渐渐降临，月亮爬到了停靠在港口的船的桅杆间。

七天后，就是下一个月圆之夜了，希望我来得及。

9/第二次航行

我再次动身前往南羽岛，这次船上只有我自己。

途中我既没钓鱼，也没在别的岛上停留，这一路都没遇到其他船只，只有风在我耳边呼啸而过。

在船上的这几天，我即使闭上双眼也难以入眠。我不分昼夜地向着南羽岛前进。

大海时而冷漠，时而温柔，它能使船只倾覆，吞没无数生灵，但它也是我赖以生存的大海，还会给马林号唱摇篮曲。无论它什么时候变脸，我都毫不惊讶。

如果我是守塔员，也会做出和阿贝相同的选择吧。明知道很危险，但还是会划着小船义无反顾地救人。如果是我，我一定也会这么做的！

但是，这不是宿命，无论在多么危险的情况下，也一定有两条路可以选择，就是做和不做。我要亲手选择自己的命运。

此时此刻，这里只有我，这是我第一次清晰地认识到这个事实。中途有几次，我想过掉转船头返回海猫岛，但最终并没有这么做。

我不能回去，我和阿贝还有约定，我来赴约了。

中午刚过，我就抵达了灯塔岛。阳光洒在整座小岛上，虽然已经入了秋，但阳光还是像夏天的一样耀眼。

我驱船缓缓绕着小岛行驶，来到当时停船的海湾。周围一片静寂，只听得到海浪声和风声。

"阿贝——"

没有回应。

其实，我已经预想到了这个结果。但我依旧不死心，又喊了第二次、第三次。我的声音如同水渗入干爽的沙子里一般，迅速消失了。

我沿着铺满白色石子的小路朝灯塔走去。原本趴在开裂的灯塔基石上的小虫急急忙忙地逃走了。

站在灯塔入口，我惊讶地久久未动。

眼前的灯塔和我前几天看到的截然不同：油漆脱落了，铁制的部分锈迹斑斑，厚重的混凝土墙面上布满了数不清的裂痕，玻璃也碎了好几块。

虽说在海风的吹拂下，建筑物很容易被腐蚀，但也不至于在短短一两周之内就发生这么的大变化吧？它看起来简直就像一座被遗忘了很多年的灯塔。

二十年前，银波号遇难之后，南羽岛和这座小岛之间建起了一座无须看守的新型灯塔。我的航海图上现在显示的就是那座新灯塔。

旧时的航路早已不再通船，曾经的旧灯塔就任由其坍

塌——当然，也没有守塔员。

其实我出发之前就已经和海猫岛海运管理处确认过了，但除非亲眼所见，我完全无法相信。不，即使现在亲眼看到了，我依旧难以相信。

大门被粗粗的铁链从外面锁住了。那铁链也锈迹斑斑，用手一碰就稀里哗啦地掉落下来。

我推开大门来到塔里，里面空荡荡的，昏暗如同洞穴。

所有的房间都蒙着一层沙，长年以来，从碎裂的窗户渗入的雨水在墙壁和地面上留下一处处黑色水渍。

旋转楼梯的表面也因生了锈而粗糙不平。我小心翼翼地注意着脚边，沿着楼梯往上走，静谧的灯塔里回荡着我的脚步声。

站在塔顶的灯室里，大海一览无余，眼前的景色十分开阔，整个海面都闪着细碎的粼粼波光。从这里看不到那座新建的无人灯塔，大海的对岸应该就是南羽岛。

我在灯室下方的小房间里发现了一把旧吉他。在这座空荡荡的破败灯塔里，只有这把吉他被好好地装在黑盒子里，立在墙边，仿佛在等待着我的到来。

是阿贝的吉他。

我打开盒子，拿出吉他，发现它并没有我想象中那般破败不堪，只是细弦断了两根，粗弦生锈了。

我学着像阿贝那样坐在地上，把吉他放在膝盖上。

阿贝，我遵守约定过来了，我很想再见你一面，但是我不知道见面后要说些什么。

我闭上眼睛，保持这个姿势坐了很久，然后给吉他换上带过来的新弦。吉他上的弦钮已经锈得扭不动了，不过上了些油后就好多了。

我对吉他一窍不通，把六根琴弦全换成新的花了不少时间。全换好后，我试着从粗弦开始依次轻轻拨动琴弦，六种音色轻柔地交织在一起，奏出了美妙的旋律。

我不会给吉他调音，只能仔细地用布擦拭琴身，原本灰蒙蒙的吉他很快就光亮如初。

　　真是一把好吉他，它一定陪了你很久吧，就像我的马林号一样。真想再听你弹一次啊。

　　悠悠的日光透过窗子，斜斜地射了进来，距离夜幕降临还有很长一段时间。

　　我返回灯室，把里面重新打扫了一遍。灯和窗玻璃都被我擦得闪闪发亮。接着，我返回船上，提来一个装着煤油的小桶，把油全倒进了灯里。这是之前阿贝倒进马林号炉子里的油，我几乎都没用。这些油应该够灯亮上一整晚吧。

　　做完这些工作之后，我坐在灯塔门口，静静等待夜幕降临。今夜一定会很漫长。

10／满月

在城市里住久了，我几乎忘记了夜晚是多么黑暗。

在这种寻觅不到一丁点儿光源的地方，黑夜才是真正的黑夜。夜色宛如有生命一般，将它那对柔软的、纯黑的巨大羽翼轻轻舒展开来，从空中缓缓下降。

不过，不用害怕。黑夜绝不是我们的敌人，只有那些胆小如鼠的懦夫才会害怕黑暗。

当沉沉的夜色将小岛完全湮没时，我点亮了灯。

金色的、浓稠的煤油安静地燃烧着，浓浓的气味在整个屋子里弥漫。

阿贝，我做得还像样吧。今晚，我接替你，将成为灯塔守护者，这是我第一次守塔，也是最后一次。

我透过窗户向外眺望，灯塔明亮的光洒向大海。一转身，我便注意到周围的景物都发生了变化。

墙壁的漆仿佛像被重新刷过般洁白，地面变得一尘不染，窗框和楼梯上的锈迹也一点儿都看不到了。

我缓缓走下楼梯，楼下客厅的窗上挂着窗帘，屋内的火炉也变得好似随时都可以点燃，架子上陈列着装在玻璃瓶里的船模。

厨房里放着一人用餐具，盛满汤的锅还是热的。我朝卧室看了看，只见床上的毛毯叠得整整齐齐。

一切又恢复了原状，唯一不同的是，阿贝不在这里。

墙上挂着日历，上面印着野花的图案。日历上的日期被用斜线划去，正好划到昨天的日期处便戛然而止。

我拉开大门，走到室外。不知什么时候，月亮已经爬了上来，那是一轮皎洁的圆月。

"在这里看到的月亮很美哟。"

我耳边又响起了阿贝的声音。

"阿贝，你在哪儿？还不能出现吗？"

"我在这里。"阿贝微弱的声音从海里传来。

"我一直都在这里……"

我回到马林号上，迅速换上了潜水服，它既贴身又便于活动。这是之前在珊瑚店大叔推荐的那家店里买的，今天终于派上用场了。

我确认了一下氧气瓶中的氧气余量，带上深海探照灯，跳进海里。

这是我第一次在夜晚潜入海底，可能是由于灯光和月光的照射吧，大海泛着朦胧的蓝色。海藻在海中摇曳，如梦如幻，鱼儿躲在礁石后面安然入睡。

海底虽然没有那么黑，却寒气逼人，我感觉心脏被寒气紧紧攥住了。身上轻薄的潜水服虽然没有御寒的作用，但聊胜于无。

阿贝曾告诉我，在满月时分，海水流向会发生变化。这句话给了我一些提示。我用几乎冻僵的手指紧紧攥着探照灯，朝更深的海域游去。

没过多久，我就找到了我要找的东西——藏在那些奇形怪状的大礁石之间，静静地等着我的到来。

那是一具完整的白骨。二十年前的秋天和小船一同沉入海底的阿贝的骸骨。

在这片泛着蓝光的海底，阿贝的骸骨看起来细长小巧，就如同一件凄美的工艺品。二十年过去了，骸骨还没被海水冲散，无疑是个奇迹了。

"晚上好，阿贝，原来你在这里啊。"我开口说道。

"珊瑚郎，你能来我真的太高兴了。"阿贝回答我。

"今晚的月亮是不是很美呀？"

我抬头仰望，月光如同一张撒向海面的网，随着波浪摇曳。

"真美啊！"我忍不住赞叹，"但是这里太冷了，阿贝，我带你离开这里吧，好吗？"

"好啊。"

阿贝笑了。

"那就拜托你了。"

我小心翼翼地拾起阿贝脆弱的骸骨，一块都没落下。留给我的时间不多了，氧气瓶中的氧气即将耗尽，并且海水也凉得钻心。

终于，我回到了船上。一上船，我立刻跪在了甲板上，很久都没有站起来。我耐心地等待胸口的疼痛感缓解。不过，我不用再担心了，骇人的寒气再也不会出现了。

一轮圆月升到了我头顶正上方的夜空，灯塔的光依旧在

长夜里静悄悄地亮着。

我打算用铁锹在灯塔旁边挖个坑，但地面太硬了，坚硬的岩石总把我的铁锹弹开，所以工作进展得并不顺利。

我握着铁锹，一点点地慢慢向下挖。我想尽量挖得深一点儿，希望它可以经受住一切大风大浪。

坑挖好之后，我又把吉他连同盒子一起放了进去，盒子上面是用白布包裹的阿贝的骸骨。

"现在不冷了吧？阿贝，你就是那第十六个人，安心地睡吧，你把所有人都救上来了，结局很圆满。"

接着，我又把坑填平。阿贝，我没有为你立碑，因为那白色的灯塔就是墓碑，永远为你守候。

随着黎明的来临，灯塔的燃油耗尽了，灯灭了。也许这座灯塔再也不会亮起来，我也不会再来这里了。

我手持铁锹，抬头仰望渐渐明亮的天空。

这时，北边的天空出现了一些模糊的黑点。黑点慢慢靠近，逐渐清晰起来，原来是南迁的鸟群。

一只带头的候鸟在前面飞，剩下的候鸟整整齐齐地排着队，紧随其后。

它们不分昼夜地一直向南飞去，等到天气回暖，再飞回北方。在这漫长又危险的迁徙途中，它们可能还会失去同伴。

它们到底为什么迁徙呢？

我的问题似乎并没有传递到候鸟那里去，它飘向天空，又飘了回来。

到底是为了什么呢？

不，我已经不想知道答案了。因为我已经找到了整个夏天一直苦苦寻找的东西。

候鸟们在灯塔正上方拍打着翅膀，绕了一大圈，接着又排着整齐的队，消失在南边的天空。

马林号驶离了灯塔岛。正当船乘风而行的时候，我听到了一阵吉他的旋律。

那声音我很熟悉，是阿贝的吉他。

吉他的旋律夹杂着海浪的声音，悠扬又明快，是一首富有年代感的曲子。我刚为它换好的琴弦偶尔还会嘎吱作响。或许，那声音并不是来自吉他，而是马林号上的缆绳。

我吹起口哨应和着，吉他又换了一种和弦，我也吹起新的旋律与其相和。

"不错啊。"阿贝说。

"你也不赖。"我回应道。

马林号在碧波上驰骋。或许有一天，我也将迎来属于自己的圆满结局，但那应该是很久之后的事了。在那之前，我会好好地活下去，马林号也会好好地前行。这一切毋庸置疑。

我让被风吹鼓的船帆向一侧倾斜，船速一下子加快了。白色的灯塔在阳光的照射下闪闪发亮，不一会儿就消失在海浪的尽头。

Kuroneko Sangorô 5 – Kiri no Tôdai

Text copyright © 1994 by Fumiko Takeshita

Illustrations copyright © 1994 by Mamoru Suzuki

First published in Japan in 1994 by KAISEI-SHA Publishing Co., Ltd., Tokyo

Simplified Chinese translation rights arranged with KAISEI-SHA Publishing Co., Ltd.

through Japan Foreign-Rights Centre/Bardon Chinese Creative Agency Limited

Simplified Chinese translation copyright © 2023 by Beijing Science and Technology Publishing Co., Ltd.

著作权合同登记号 图字：01-2023-2363

图书在版编目（CIP）数据

灯塔岛的第十六个人 / (日) 竹下文子著；(日) 铃木守绘 ； 王俊天译. —北京：北京科学技术出版社，2023.9（2024.4 重印）（海猫的旅程 ；5）

ISBN 978-7-5714-3145-7

Ⅰ. ①灯… Ⅱ. ①竹… ②铃… ③王… Ⅲ. ①儿童小说－长篇小说－日本－现代 Ⅳ. ① I313.84

中国国家版本馆 CIP 数据核字（2023）第 130406 号

策划编辑：石　婧　韩贞烈	电　话：0086-10-66135495（总编室）
责任编辑：王　筝	0086-10-66113227（发行部）
责任校对：贾　荣	网　址：www.bkydw.cn
图文制作：沈学成　杨严严	印　刷：北京盛通印刷股份有限公司
责任印制：张　良	开　本：880 mm×1230 mm　1/32
出 版 人：曾庆宇	字　数：55 千字
出版发行：北京科学技术出版社	印　张：3.875
社　址：北京西直门南大街 16 号	版　次：2023 年 9 月第 1 版
邮政编码：100035	印　次：2024 年 4 月第 3 次印刷
ISBN 978-7-5714-3145-7	

定　价：35.00 元

竹下文子

作品《最接近月亮的夜晚》获日本童话会奖，《星星和小号》获第十七届野间儿童文艺推荐作品奖，《路路的草帽》获日本绘本奖，"海猫的旅程"系列获路旁之石文学奖。其他作品有《叮咚！公共汽车》《加油！警车》等。

铃木守

日本著名画家、鸟巢研究专家。1952年生于日本东京，曾就读于东京艺术大学。作品"海猫的旅程"系列获红鸟插画奖，《山居鸟日记》获讲谈社出版文化绘本奖。其他作品有《向前看 侧过来 向后看》《咚咚！搭积木》以及"汽车嘟嘟嘟"系列等。

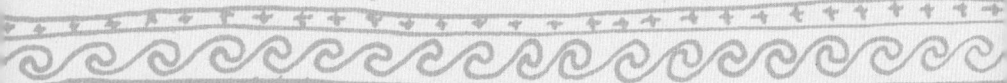